Reife Frau sucht Lover

Impressum

Vorwort:

Sehr verehrte Leser,

vielen Dank für den Erwerb meines Buches.

"Reife Frau sucht Lover" ist ein erotischer Kurzroman. Im Mittelpunkt steht mein fiktives, 50-jähriges ich das auf der Suche nach sexueller Erfüllung ist.

Doch nun zu meiner eigentlichen Person. Mein Name ist Summer Winter. Ich wurde 1982 in der ehemaligen Sowjetunion geboren. Seit meiner Kindheit habe ich Geschichten aller Art geschrieben. Je älter ich wurde, desto stärker wurde mein Wunsch, erotische Geschichten zu schreiben. Und das tue ich jetzt.

Ich halte mich an keine festen Konventionen. Keine starren Ideen oder allgemeine Sichtweisen. Manchmal schreibe ich aus der Sicht einer Frau, manchmal aus der Sicht eines

Mannes. Weil meine Geschichten für beide Geschlechter gemacht sind.

Ich hoffe, meine Leser mit meinen "Werken" glücklich zu machen. Und zu erotischen Handlungen zu inspirieren. Die nachfolgende Geschichte ist zum Teil frei erfunden. Doch ein großer Teil basiert auf meinem eigenen Leben.

Deine Summer

Reife Frau sucht Lover

Ich, das ist eine nicht mehr junge Frau von Anfang 50, verheiratet zwei Kinder, die aber selbst schon Familien haben und außer Hauses sind. Mein Mann, den ich nach wie vor aufrichtig liebe, ist deutlich älter als ich und aufgrund gesundheitlicher Probleme nicht mehr in der Lage, mich sexuell zu befriedigen. So ist er, der ansonsten hier bei uns sozusagen die Hosen anhat, im sexuellen Bereich zum Cuckold geworden. Ich weiß, dass er immer noch gerne ficken möchte, nicht nur mich, nur klappt es halt nicht mehr.

Ich konnte ihn aber nach langen Gesprächen und weil er eben mich auch noch sehr liebt, davon überzeugen, dass ich unter seiner Schwäche doch nicht leiden muss und mir eben Liebhaber suchen solle, die es mir richtig gut besorgen. Um nicht ganz ausgesperrt zu sein und um wenigstens zusehen zu dürfen, wenn mich andere Männer in den 7. Himmel ficken, nahm er es auf sich ein Cuckold zu sein mit allem was man darunter versteht. Er ist jederzeit bereit, meinen Lovern und mir zu dienen usw. was eben gewünscht wird. Ganz der devote Cuckold. Er bläst meinen Lovern den Schwanz hoch, leckt ihn später sauer und säubert mit seiner Zunge auch mein Fötzchen nach einem guten Fick.

Sehr bald dann auch war mein Mann es, der die Lover für mich suchte im Internet, in Anzeigen bei HW und was noch sonst war, weiß ich gar nicht genau. Der Erfolg war, dass ich zeitweise mehr interessierte Lover hatte als ich verkraften konnte. Meistens waren es leider Männer, die sich danach eben wieder anderen Frauen zuwandten, doch einige von ihnen und glücklicherweise fast ausnahmslos sehr gute Lover, blieben mir insoweit treu, dass sie immer wieder kamen. Ich habe immer viel Sex gebraucht und mit dem älter werden kommt es mir so vor, als nehme dieser Drang nach gutem Sex zu statt ab.

Da ich das Glück habe, außer meinem lieben toleranten Mann auch noch in meinem Alter eine ungewöhnlich gute Figur zu haben, konnte ich mich ohne weiteres auch vor viel jüngeren Männern nackt zeigen. Und genau das tat ich sehr gern.

Wie nicht anders zu erwarten, waren die verschiedenen Lover nicht nur sehr unterschiedliche Typen, auch ihre Wünsche waren ein breites Spektrum und sie erwarteten fast alle, dass ich bereit war, mich ihren Wünschen entsprechend zu verhalten. Mein Mann verhielt sich passiv, so lange ich bereitwillig mitmachte, was meine Lover wünschten. Um es einmal klar zu stellen:

insgesamt waren es 11 Männer verschiedenen Alters, die eigentlich regelmäßig zu mir kamen. Sie kamen nicht immer allein und es entwickelte sich einerseits so, dass aus einigen gute Freunde wurden, die dann gemeinsam bei mir auftauchten. Andererseits vermehrte sich mein Kunden- oder Freierstamm beachtlich dadurch, dass in zunehmendem Maße Freier Freunde oder gute Bekannte, denen sie von mir berichtet hatten, mitbrachten. Ich kann mit einigem Stolz berichten, dass von all den Männern, die da zusammenkamen, noch kein einziger abgesprungen ist, wodurch sich natürlich meine Aus- und Belastung als Nutte ganz erheblich erhöhte. Natürlich auch das Guthaben auf meinem Bankkonto, denn umsonst bekamen mich nur ganz wenige.

Die Jüngeren taten auch viel für mich, sie brachten mich wohin ich wollte, holten mich hier und da ab und halfen mir auch zu Hause. Dafür aber wollten sie auch eine Gegenleistung. Ob nun mein Mann im Zimmer war oder nicht, spielte keine Rolle, wenn einer oder wenn die zwei Freunde kamen, wurde ich gefickt und sei es nur, dass sie meinen Rock hochschoben (ich trug kaum je einen Slip), mir ihren Schwanz reinschoben und mich schnell zur Entspannung fickten. Ich liebe es, neben den schönen stundenlangen Liebesnächten auch zwischendurch wie eine Straßenhure einfach schnell genommen zu werden, ohne dass ich vorher gefragt werde. So konnte es durchaus passieren, dass es am Tage drei Mal klingelte, einer der Lover ins Haus kam, mich schnell fickte und besamte und sofort wieder verschwand.

Neulich rief ich einen der zwei Freunde an, ob sie mir helfen könnten, eine Fuhre Wein heim zu fahren und in den Keller zu tun. Natürlich sagten sie ja und erschienen auch kurz darauf mit einem Kombi bei mir. Wir fuhren dann los und ich wunderte mich, dass sie ganz anders fuhren als ich es ihnen gesagt hatte. Plötzlich bog der Wagen - es war ein schöner warmer Sommernachmittag - von der Straße in einen Waldweg ab und wir kamen dann von hinten an einen Parkplatz an der Autobahn an. Der Wagen wurde angehalten und wir stiegen aus.

Es standen erstaunlich viele Pkws und sogar Lastwagen auf diesem Parkplatz und sehr schnell merkte ich, dass es sich hier um einen Treff handelte. Da ich auf Wunsch der Beiden bereits einen Minirock, nicht viel breiter als ein Gürtel, angezogen hatte, konnte man bei jedem Schritt, den ich ging meine rasierte Votze sehen und die Beiden baten m ich, auf dem Parkplatz herum zu laufen, als würde ich jemanden Suchen. Die Mistkerle wussten genau, dass man mich in diesem Aufzug als

Hure einschätzen würde. Es dauerte dann auch nicht lange, bis ich angesprochen und gefragt wurde, was eine schnelle Nummer hier auf dem Parkplatz kosten würde.

Ich verlangte 75 € und der Typ zahlte sofort ohne Zögern. Er ging mit mir hinter einen Lastwagen, forderte mich auf, mich an dem Wagen abzustützen und meine Beine zu spreizen. Als ich dies getan hatte, schob er meinen Rock hoch, drang in mich ein und fing ohne weitere Worte oder ein Vorspiel an, mich zu ficken, nachdem er sich ein Gummi übergezogen hatte. Leider war er sehr schnell fertig, gab mir einen Klaps auf meinen Po, zog seine Hose hoch und verschwand.

In diesem Moment bemerkte ich, dass mich zwei weitere Männer anstarrten, die auch sogleich auf mich zu kamen. Da sie gemerkt hatten. dass sie eine Hure vor sich hatten, fackelten sie nicht lange. Jeder hatte einen 100, 00 € Schein, den er mir gab und da sie schon mit einem Kondom über dem Schwanz gekommen waren, drückten sie meinen Kopf nach unten, damit sie mich bequem von hinten ficken konnten. Der Zweite dann wollte erst geblasen werden, ehe er mir auch sein ungewöhnlich großes Fickwerkzeug in meine nasse Votze schob.

Als die weg waren, ging ich zurück zu unserem Wagen und wollte nun endlich zu dem Winzer fahren, meine Lover allerdings hatten andere Vorstellungen. Sie wussten ja, dass ich nicht nur geil war sondern ihnen auch sehr ergeben, also bei ihnen richtig devot bin und - wie sie mir später sagten - sie wollten endlich einmal sehen, ob ich auch als Straßen- und Parkplatzhure geeignet bin. Sie fuhren mit mir in die nächste größere Stadt, wo es einen Straßenstrich gibt. Dort hielten sie an und forderten mich auf, auszusteigen und auf Freier zu warten. Es war nicht viel los zu dieser frühen Stunde, nur drei weitere Huren standen herum, die mich gleich böse anschauten. Als meine Lover ihnen aber sagten, dass ich hier nur heute für einige Stunden laufen würde, es sei nur ein Test, wurden sie freundlich und fingen an, mir Ratschläge zu geben.

Es dauerte dann auch nicht lange, bis zunächst die beiden jungen Huren ihre Freier fanden, die Dritte, (eine recht fette Kuh) blieb stehen. Als ich dann außer ihr ganz allein auf der Straße war hielt auch für mich ein Wagen an. Nach kurzer Beschnupperung stieg ich in den Wagen und wir fuhren unweit in ein kleines Waldstück, wo an einem Teich ein Rastplatz war, an dem schon andere Paare sich vergnügten. Wie sich herausstellte, war mein Freier nicht nur ein herrlicher Ficker mit einem gewaltigen Schwanz, er war auch sehr nett und zärtlich zu mir.

Er sagte mir schnell auf den Kopf zu, dass ich keine echte Straßenhure bin, er hatte seine Erfahrungen. Wir blieben an diesem Waldsee, schwammen einige Runden im warmen Wasser nackt wie die anderen auch und als er mich wunderbar gefickt hatte, kamen auch andere Männer, die augenscheinlich auf Frauen warteten, zu uns und da weder ich noch mein Freier Einspruch erhoben, wurde ich in den nächsten 3 Stunden dort wirklich pausenlos gefickt. Natürlich wurde von verschiedenen Lovern recht hart mit mir umgegangen zumal sie sahen, dass ich nicht mehr die Taufrischeste war aber keiner war richtig grob oder unangenehm. Wie sich dann zeigte, war dieser Treff so etwas wie ein Geheimtipp und je später es wurde, desto mehr füllte sich der Treffplatz mit Männern. Hin und wieder kam auch eine

Frau dazu, die dann sofort von etlichen Männern umlagert war. denn die meisten Männer warteten darauf, dass sich eine Frau zeigte, die sich besteigen ließ.

So etwa gegen 22.30 war der ganze Platz gefüllt mit nackten Männern, die bereits gebadet hatten und nun hofften, eine Frau zum Ficken zu bekommen. Sie mussten gewusst haben, wie es dort zugeht, denn kurz darauf fuhren 3 Wagen vor, aus denen insgesamt 9 Frauen verschiedenen Alters ausstiegen, alle bereits nackt, die zunächst auf den See zustrebten und einige Runden schwammen. Erst dann kamen sie wieder an Land, trockneten sich ab und mischten sich dann unter die Männer. Bei dieser Überzahl von Männern war jede der Frauen sofort von mehreren Männern umlagert und schon wenige Minuten später gab es keine von ihnen, die nicht einen Schwanz in der Fotze und einen im Mund hatte. Es wurde eine tolle Orgie, doch leider konnte ich nur ganz kurz die Szene beobachten, weil immer noch deutlicher Männerüberschuss herrschte und auch neue Männer ankamen, während andere, die sich ausgefickt hatten, verschwanden.

So wurde auch ständig nach mir gegriffen und es wurde weit nach Mitternacht, bevor mich mein Freier ungestraft in sein Auto laden und zu dem Platz fahren konnte, an dem immer noch meine beiden Lover warteten, treu und lieb wie immer. Natürlich wollten auch sie noch etwas von mir haben, ehe sie mich zu Hause absetzten und so bekam ich auch noch in unserem Garten zwei herrliche Ficks verpasst. Ich erzählte ihnen auch von dem kleinen Waldsee, an den mich mein Freier gefahren hatte und wir verabredeten uns, dass wir gemeinsam in Kürze dorthin fahren werden.

Vielleicht ergibt sich dort ja für meine beiden Lieblinge noch die eine oder andere Möglichkeit, ihre schönen Schwänze in knackige Votzen zu stecken. Beide aber zeigten sich enttäuscht, dass ich meine Fähigkeiten als billige Straßenhure kaum hatte zeigen können und ich musste ihnen das Versprechen geben, mich ganz bald wieder auf den Straßenstrich bringen zu lassen, um einige Stunden lang wirklich als Straßennutte zu agieren. Zu meinem Winzer waren wir nun auch noch nicht gekommen.

Zwei Tage später. es war ein warmer schöner Sommertag, war es dann soweit. Wir holten den Wein und sie fuhren mich dann, als es schon auf den Abend zuging und der Straßenstrich sich belebte, erneut dorthin. Ich hatte mich unterwegs in einem kleinen Waldstück umgezogen und bin da von des beiden Jungens gut gefickt worden. Also war ich für den Strich bereit. Da die Huren inzwischen begriffen hatten, dass ich ihnen keine Dauerkonkurrenz war und höchstens noch ein einziges Mal kommen würde, waren sie wieder sehr lieb zu mir und berieten mich. Für die Freier war ich wohl eine Neuerscheinung, denn es dauerte nicht lange, bis man mich ansprach und ein Mann so etwa Mitte 30 mich in seinen Wagen einlud.

Er war sicher schon öfter hier gewesen, denn er wusste, wo er hinfahren musste, damit wir ungestört waren. An einer kleinen Waldlichtung angekommen, bat er mich auszusteigen und mich vornübergebeugt am Kofferraumdeckel festzuhalten. Er schob mir den kurzen Rock hoch und drang - da ich keinen Slip anhatte - sogleich und mühelos in mich ein. Der Bursche fickte wirklich gut, hielt sich mit den Händen an meinen von ihm freigelegten Titten fest und zog mich eng an sich. Es dauerte wohl an die

20 Minuten, bis ich merkte, dass er in das Gummi abspritzte. Ich war fast zu einem Orgasmus gekommen. Er drückte mir 100,00 € in die Hand, wir stiegen wieder in seinen Wagen und er brachte mich zurück auf den Strich. Das Ganze hatte etwas mehr als eine halbe Stunde gedauert.

Einer meiner jungen Lover kam auf mich zu und sagte mir, sie würden nun etwas essen gehen, kämen dann später wieder, um mich abzuholen. Ich solle schön weiterarbeiten, sie würden dann ja an meinen Einnahmen sehen, ob ich fleißig war. Ich war also auf mich selbst gestellt zusammen mit etwa 10 bis 12 Kolleginnen. Es herrschte reger Verkehr auf diesem Strich und nach nur wenigen Minuten wurde ich wieder verlangt.

Da es langsam dunkler geworden war, fuhren die Freier nur noch ein ganz kurzes Stück in den

Wald, so auch meiner, der mich dann auf seinen Rücksitz legte und mich mit einem beachtlich großen Schwanz wunderbar fickte. Ich bekam einen herrlichen Orgasmus und mein Freier war glücklich, dass er das bei einer Hure geschafft hatte. Er gab mir 150,00 € und fragte, ob ich irgendwo erreichbar sei, denn er habe ganz sicher auch außerhalb des Strichs Verwendung für mich. Da er mir echt sympathisch war, gab ich ihm meine Handynummer, erwartete aber nicht, dass er sich bei mir melden würde.

Langsam machte mir das Hurenleben richtig Spaß und ich war nicht böse, dass meines beiden Jungens sich Zeit ließen. Für mich auf dem Strich folgte eine rege Beanspruchung. Die meisten Freier wollten nur einen kurzen harten Fick. Da es jetzt dunkel war, konnte man durchaus nach nur wenigen Schritten in den Wald hinter einem Busch schnell seine Nummer schieben. Das kostete € 100,00 und dauerte meist weniger als 10 Minuten. Es überraschte mich sehr, dass ich so begehrt war und immer schnell wiedergeholt wurde, während teilweise junge attraktive Huren Mühe hatten, ausreichend Freier zu bekommen. Nicht wenige Freier fragten mich, ob ich künftig immer hier anzutreffen sei, aber nur noch zwei weiteren Freiern gab ich meine Handynummer.

Als es auf Mitternacht zuging und die Freier seltener wurden, kamen auch meine Zwei angefahren, um mich abzuholen. Langsam war ich auch erschöpft und froh, in ihren Wagen steigen und nach Hause fahren zu können. Natürlich waren sie neugierig und wollten wissen, wie viele Freier ich gehabt hatte. Ich wusste es nicht mehr, konnte aber an den Einnahmen ausrechnen, dass ich insgesamt 15 Männer in diesen paar Stunden in mich rein gelassen hatte.

Und es hatte mir einen Mords Spaß gemacht. Ich sagte den Beiden auch, dass ich das unbedingt wiederholen wollte, wenn nicht hier dann an einem anderen Platz, Zunächst aber fuhren sie mich heim, fickten mich wie üblich noch einmal gut im Garten und dann konnte ich ins Bett gehen. Ich war nun eine echte Straßenhure und das gefiel mir sehr.

Manchmal überlegte ich, ob ich mir zu viel aufgeladen hätte, wenn die größer werdende Zahl der Lover (es kamen auch Freier dazu) allzu viel forderte. Nur mein Mann, der sich in der Rolle des Cuckold recht wohl zu fühlen begann, meinte gelegentlich, wer komme doch eigentlich zu kurz, wenn ich mich meistens auswärts ficken lassen würde. Und er hatte durchaus recht. Das änderte sich, als wir uns einigten, dass wir ein schönes großes Zimmer mit einer großen Liege, einigen Spiegeln und spezieller Beleuchtung ausstatteten und es als mein Arbeitszimmer deklarierten.

Ich begann, die wachsende Zahl meiner Lover, oder soll ich langsam besser sagen meiner Freier, zu mir einzuladen und konnte die Mehrzahl dazu bringen, meinen Mann als Cuckold zuzulassen, wenn er sie blies, sie sauber leckte und sich auch sonst als devoter Diener betätigte. So war allen gedient und es verging kaum ein Tag, ohne dass ich Männer bei mir empfing, wobei ich aber sehr darauf achtete, dass z. B. meines beiden Jungens nicht zu kurz kamen. Sie gehörten immer noch zu meinen favorisierten Lieblingen, die mir auch vorschreiben durften, was ich zu tun hatte, die mich überraschten, wenn sie mit mir in ein Pornokino gingen oder auf einen neuen Strich und mich dort den Männern anboten.

Ja, das brauchte ich immer wieder und ich wollte darauf auch nicht verzichten. Besser noch als der Strich war eigentlich das Kino. Man ging - natürlich entsprechend gekleidet - ganz normal mit ihnen hin, suchte sich einen der passenden Räume aus und harrte der Dinge die da kamen und sie kamen immer, da meine Jungens sehr bald anfingen, sich mit mir und meinem Körper zu befassen, damit die anderen Männer sehen konnten, dass ich zu haben bin. Da sie so schlau waren, nicht mit mir zusammen in den Raum zu gehen, sondern entweder vorher oder nachher, dachte jeder, wir hätten uns erst da kennen gelernt und wenn die so schnell an mich rankämen könnten sie - die anderen Männer - das auch. Natürlich konnten sie. Ich hatte nie viel an und war schnell oben und unten entblättert.

Ich konnte gestreichelt und befingert werden ich wichste Schwänze und wurde letztendlich mehr oder weniger von all den dort befindlichen Männern gefickt. Ich befand mich schließlich in einer Art Sexrausch und wollte nur noch immer wieder gefickt werden. Hier muss ich einfügen, dass ich kaum je genug bekommen kann. Deswegen auch solche Kinobesuche und Ähnliches. Es sprach sich ganz schnell in den übrigen Räumen herum, dass da eine geile Sau war, die alles mit sich machen ließ und kaum einer ließ sich das Nehmen. Meist wurde ich so gut, tief und ausdauernd gestoßen, dass ich meine Orgasmen herausschrie und einfach nie genug bekommen konnte. Und wenn es Stunden dauerte, meines Jungens waren da, wenn ich heim gebracht werden wollte.

Und dann kam plötzlich ein Anruf auf dem Handy von dem Freier, der gemeint hatte, auch anderweitig Verwendung für mich zu haben. Er war sehr nett und höflich. Er erklärte mir, dass er für seinen Kegelclub eine einwöchige Reise plane und mich gern auf diese Reise mitnehmen würde, damit er und seine Kegelfreunde jemanden zur Hand hätten, wenn einem von ihnen danach sei und wie er mir versprechen könne wäre ich, da 21 Kegler diese Reise gebucht hätten, absolut sicher, dass ich in jeder Beziehung auf meine Kosten komme. Sexuell wir finanziell.

Die Reise sei im September, also in drei Monaten. Er frage jetzt schon an, weil er sicher sein wolle, dass ich Zeit habe und damit ich mich danach einrichten könne. Frauen hätten ja heutzutage Möglichkeiten, gewisse Zeiträume frei von jeglicher Regel zu halten. Es käme noch eine weitere Hu... dann stockte er und sagte dann: Dame mit, eine ganz junge Person, die von ihm auch getestet und für gut befunden worden war. Er gab mir ihre Adresse, damit wir uns schon vorher kennen lernen könnten.

Ich war von diesem Angebot in Anbetracht meines Alters natürlich sehr angetan und sagte freudig zu, auch als er mich bat, mich doch noch von zwei Kegelbrüdern testen zu lassen, natürlich zu meinem Tarif. Er sagte Tarif!!!. Ob es mir recht sei, wenn ich am nächsten Tag gegen 15.00 Uhr zu der Adresse, die er mir angab, kommen würde, um mir auch die Zustimmung dieser Männer zu holen. Er sei sich sicher, dass es nur eine Formsache sei aber die Clubregeln............ Er meinte noch, es befänden sich dort sicher 5 und mehr seiner Kegelfreunde, denn auch das junge Ding sei dorthin bestellt, ich bräuchte aber nicht mehr als zwei der Tester zu nehmen.

Ich fand mich also am Tag darauf in der Villa am Stadtrand pünktlich ein. Unter meinem leichten Mantel war ich solide gekleidet, hatte aber in einer Tasche eine Ausrüstung dabei, wie es sich für eine Hure gehört. Auf mein Klingeln öffnete mir ein Herr mittleren Alters und bat mich ins Haus. Er fragte mich, ob ich mich etwas frisch machen oder gar umziehen wolle und führte mich, als ich dies bejahte in ein Badezimmer. Ich duschte kurz, zog mich dann hurengerecht an und erschien so im Wohnzimmer.

Ich merkte sofort, dass ich die Aufmerksamkeit aller Männer im Raum hatte und die auch anwesende ganz blutjunge Hure für einen Moment abgeschrieben war. Die Männer steckten die Köpfe zusammen und einigten sich darauf, dass sie mich auswürfeln wollten. Ehe sie dann aber Würfel holten fragte mich einer von ihnen, ob ich denn bereit sei, auch etwas länger zu bleiben und mich von mehr als Zweien testen zu lassen. Nun ich erklärte mich -

da alle einen guten Eindruck machten - gerne bereit, bei entsprechender Bezahlung mich ggf. auch von allen 6 testen zu lassen. Der erfreute Gesichtsausdruck bei allen Männern war mir Genugtuung genug. Eine letzte Frage, die an beide Huren gestellt wurde, war, ob wir etwas dagegen hätten, wenn sich alles in diesem Raum abspielen würde und jeder jedem Test zuschauen könne. Ich erklärte mich sofort bereit und so konnte die Junge nicht nein sagen.

Es wurde dann ein wunderschöner Nachmittag und Abend. Jede von uns Frauen wurde in völlig nacktem Zustand von allen 6 Männern bestiegen und ganz wunderbar durchgefickt. Während sie Junge recht gelangweilt wirkte, was nicht so ganz gefiel, merkte jeder im Raum mir an, dass ich voll bei der Sache war und dass meine Orgasmen nicht getürkt waren. Das gefiel ihnen sehr gut so dass am Schluss alle einstimmig dafür waren, dass ich diesen Job bekam, während bei der jungen Hure gezögert wurde und sie dann nur genommen wurde, weil sie einen niedlichen Körper hatte und 4 Männer für sie waren wenn auch mit Vorbehalt.

Jede von uns bekam einen Umschlag mit Geld - bei mir waren es 1500,00 € -und gegen 20.00 Uhr verließen wir das Haus. Ich mochte die Kleine eigentlich ganz gern und fragte sie, warum sie so unbeteiligt gewesen sei. Sie erklärte mir, dass sie sonst auch voll bei der Sache sei aber heute eine schlechte Nachricht, über die sie nicht reden wolle, erhalten habe. Sie meinte aber, die ganze Szene habe sie doch so aufgegeilt, dass sie noch einige Stunden ihren Platz auf der Straße einnehmen werde. Ob ich nicht Lust hätte sie zu begleiten, es sei immer sehr nett mit den Kolleginnen und wenn sie mich jetzt ankündige als Gasthure, werde keiner etwas gegen mich haben. Das hörte sich gut an und so sagte ich zu. Mit der Taxe fuhren wir in eine auch mir bekannte Straße und auch ich wurde sehr freundlich begrüßt von den dort arbeitenden Kolleginnen.

Auch an diesem Abend hatte wieder ich wohl die meisten Freier. Es war ein warmer Sommerabend, ich trug nur ein kurzes, mit einem durchgehenden Reißverschluss versehenes Kleidchen, so dass ich mit einem Ratsch nackt sein konnte. Auch hier war anschließend an die Hurenstraße ein kleinerer Park mit vielen über mannshohen Büschen, wo wir Huren unsere Freier gern hinführten. Es war nicht weit, ging schnell und wir waren auch rasch wieder auf der Straße und bereit für den Nächsten. Hier zeigte sich die Kleine sehr rege und hatte guten Zulauf von Freiern. Ich selbst blieb bis gegen 01,00 Uhr, als die Freier merklich seltener kamen und hatte tatsächlich in dieser Zeit, also in etwas über 4 Stunden, 12 Freier, die mich alle hinter den Büschen gut gefickt hatten. Zufrieden und befriedigt ließ ich mich mit einer Taxe heimfahren.

Ich will jetzt einen Zeitsprung machen, da sich in den nächsten Monaten nicht viel in meinem Leben änderte. Ich hatte meine Lover zu Hause, meinen Cucki, der sich freute, wenn ich mich in seiner Gegenwart zu Hause besteigen ließ, was ich ja auch mit Vorliebe tat, manchmal mehrmals am Tag. Was ich jetzt erzählen möchte, ist der einwöchige Kegelausflug, für den ich zusammen mit der gerade mal 18 Jahre alten anderen Hure gebucht war.

Als der Tag kam, an dem der Kegelausflug begann, wurde ich morgens von einem der beiden Veranstalter mit dem Wagen abgeholt.

Er brachte mich und dann auch die junge Pia zu sich, wo schon der kleine Reisebus wartete und die Teilnehmer sich versammelten. Pia hatte wohl gemerkt, dass ich eine verträgliche Frau bin, denn sie umarmte mich zur Begrüßung. Pünktlich ging es los und Ziel war ein kleines abgelegenes Hotel, das unsere Gastgeber für eine Woche voll gemietet hatten. Es hatte genau 20 Zimmer, für jeden der Kegler eines. Für uns hatte man keine Zimmer vorgesehen, da man davon ausging, dass wir immer die Nächte bei einem der Männer verbringen würden. Und da hatten sie auch vollkommen recht. Wenn 20 gesunde Männer, keiner über 45, die meisten Jünger, eine ganze Woche lang mit zwei willigen Frauen zusammen sind, dann geht schon die Post ab. Da es, als wir ankamen, sehr warm war, liefen die Männer meist nur in der Badehose herum. Wir Frauen wurden gebeten, auch nur wenn überhaupt einen Stringtanga zu tragen. Da auch ich mir das durchaus leisten kann, ohne ungünstig auszusehen, kamen wir der Bitte beide gern nach.

Es dauerte auch gar nicht lange und die ersten Männer ließen erkennen, dass sie uns brauchten. Dafür waren wir hier, dafür wurden wir bezahlt und es war ja auch sozusagen unser Beruf, den Männern zu geben was sie brauchten. Schon im kleinen Saal des Hotels, den wir nutzten, weil er für alles so geeignet war, hatte man eine große breite Liege hergerichtet, so dass jeder immer zuschauen konnte, wenn wir gefickt wurden. Und wir wurden ohne Pause in allen Stellungen und in allen Löchern genommen und da sowohl wir Mädchen als auch die Männer alle einen Test mitbrachten, verzichtete man gern auf Kondome.

Die kleine Pia machte dann schon nach etwa 2 Stunden schlapp und bat um eine längere Pause während ich als gut eingerittene ältere Hure glücklich war, praktisch ohne Unterbrechung gefickt zu werden. Ich war schon klitschnass angetreten und da jeder Ficker seinen Saft in mir abspritzte, war ich so eingesaut mit Sperma, dass auch die größten Schwänze ohne Mühe in mich einfahren konnten. Bei 20 Schwänzen hat man alle Größen zusammen denk ich mal und mindestens 4 von Ihnen waren auch für mich eine echte Herausforderung.

So verging der erste Tag unheimlich schnell. Da ich meist die einzig nutzbare Fotze war - Pia leistete nicht halb so viel - kam ich nicht zur Ruhe und war dann froh, dass mich der Freier, der mich schon auf der Straße für diesen Job ausersehen hatte, Hans, mit in sein Zimmer nahm. Zuerst duschten wir zusammen in der recht geräumigen Dusche und gingen dann ins Bett. Heinz, so hieß er, war dann sehr lieb zu mir, Er danke mir dafür, dass ich durch meinen Einsatz den Tag gerettet hätte und fragte mich, ob ich trotzdem noch Lust auf ihn hätte. Ich kuschelte mich ganz fest an ihn und gestand ihm dann, dass ich ja eigentlich keine richtige Hure sei, es mir aber großen Spaß mache, als solche zu gelten und als solche behandelt zu werden.

Ich küsste ihn mit einem langen Zungenkuss, den er sehr zu genießen schien. Ich griff mir seinen wirklich schönen Schwanz und streichelte ihn und seine Eier zärtlich. Dann nahm ich den Schwanz in den Mund und konnte ihn trotz seiner Größe ganz in meinem Mund verschwinden lassen, Nachdem ich ihn eine Weile geblasen hatte merkte ich, dass er mich jetzt unbedingt brauchte, schob mich nach oben und führte seinen Schwanz in mich ein. Wir waren plötzlich beide irgendwie wild auf einander, er fickte mich tief und hart, zeigte mir aber immer wieder durch Streicheleinheiten und Küsse auch, dass er mich sehr mochte. Er ließ sich sehr viel Zeir, er reizte mich mit seinem Schwanz, indem er ihn ganz herauszog und langsam wieder in mich eindrang und indem er mit der Schwanzspitze an meinem Kitzler rieb.

Ich zerfloss in seinen Armen, meine Erregung steig mehr und mehr, immer schönere Orgasmen schüttelten mich und ich wusste langsam fast nicht mehr wo ich war. Ich hatte einen unglaublich begabten Freier, der sich nicht als ein solcher, sondern wie ein echter Freund benahm, der er wohl auch schon geworden war. Endlich merkte ich, dass er sich versteifte, sein Schwanz sogar noch größer wurde und er sich Schub nach Schub in mir entlud, mir sein Sperma tief in meinen Bauch schoss.

Ich konnte mich nicht erinnern, je so unsagbar gut gefickt worden zu sein und nach einem Fick so restlos erschöpft in den Armen eines Lovers gelegen zu haben. Ich war im 7. Himmel und wusste nur, dass ich niemals mehr auf diesen Mann verzichten wollte. Ich dachte nur, wie wird sich mein Cuckold freuen, wenn ich mich in seiner Gegenwart von dem Mann hier ficken lasse. So schliefen wir ein, denn ich hatte ganz sicher noch 6 schwere Tage vor mir.

Am Morgen sagte mir Hans ganz spontan, dass er nicht mehr auf mich verzichten wolle. Erst als ich ihm klar machen konnte, dass mein Mann ein Vollcuckold ist und er, Hans, jederzeit zu mir kommen kann, um mich in seiner Gegenwart oder auch mal allein nach allen Regeln der Kunst zu ficken, war er zufrieden. Ich machte ihm aber auch klar, dass ich außer ihm etliche andere Lover und Freier hätte und diese auch behalten wolle. Ich sei eine Hure und werde es bleiben, so lange mich Männer wollen. Dafür sei der Strich ein sehr gutes Versuchsfeld.

Hans war es von da an gar nicht recht, dass seine Freunde mich weiterhin ganz natürlich als Hure behandelten, also nicht viel fragten, wenn sie mich ficken wollten und viel mehr mich als Pia Tag täglich den ganzen Tag fickten. Auch konnte ich nicht jede Nacht bei Hans verbringen, weil seine Freunde es nicht zuließen. Gerade die jungen Kegler wollten lieber mich als Pia als Nachtpartnerin und so hatte ich dann fast jede Nacht einen oder zwei andere Schwänze in mir, wenn ich einschlief. Dennoch bevorzugte ich natürlich Hans und war mit ihm zusammen so oft es nur ging.

So ging dann auch diese Woche vorbei, ich war ständig nackt wie auch die meisten der Männer und ich musste mich für jeden jederzeit mit gespreizten Beinen hinlegen, wo er es gerade wollte, musste auch mehreren gleichzeitig zur Verfügung stehen, und ich muss sagen dass ich nicht einen Fick von all denen in dieser Woche missen möchte. Mit prall gefüllter Brieftasche ging es dann nach einer ereignisreichen Woche, mit der außer Hans alle hoch zufrieden waren, wieder nach Hause. Ich war glücklich, dass ich wieder als gewöhnliche Hure meinen diesbezüglichen Pflichten hatte nachkommen können.

Zeitfracht Medien GmbH
Ferdinand-Jühlke-Straße 7
99095 Erfurt, Deutschland
produktsicherheit@kolibri360.de

Rolf Kaufmann

Wo Ratten lieben
oder
Es gibt nichts mehr durchzustehen
Il n´y a plus rien à endurer
Non ´c è più niente da lottare

Verlag & Druck: tredition GmbH,
Halenreie 40-44, 22359 Hamburg

© 2019 Rolf Dieter Kaufmann

ISBN 978-3-7497-2084-2 (Paperback)
ISBN 978-3-7497-2085-9 (Hardcover)
ISBN 978-3-7497-2086-6 (e-Book)

Illustration: Der Autor
Beteiligten-Namen im Text sind erfunden

Französisch-Übersetzung:
Anneliese Schumann, Catherine Lecarme.
Italienisch-Übersetzung: Stelvio Mestrovich.

Wo Ratten lieben

Gedichte
Poèmes
Poesie

Vorwort

In den folgenden Gedichten zeigt sich Venedig aus einem kaum bekannten Blickwinkel und in geheimnisvoller Maskerade. Was sagen die Gedichte? Venedig schmilzt dahin. Die Stadt entfaltet seinen Zauber vor allem dann, wenn sie menschenleer ist. Die Zeit für Venedig ist um, doch bleibt die Schönheit, als ließe sich Schönheit festhalten. Venedig ist in Wirklichkeit nicht bunt. Die Stadt ist eher grau. In Venedig verschwimmen die Vorstellungen, die wir von einer Stadt haben. Ein Traum nimmt Formen an, ein Traum, in dem wir uns verlieren: Plätze, Gassen, Fassaden, Kunstsinn, Leidenschaft. Fotos von Venedig rühren die Menschen mehr an als Bilder anderer Städte. In den Gedichten über Venedig begreifen wir, wie vergänglich und wie endlich wir sind.

Freche Raubmöwen
Voleurs coquins mouettes
Gabbiano cattivo

Gedichte

1
Dein Anblick

Dein Anblick, Venedig
Im Dunkel der Nacht
Im Dickicht der Häuser
Stand ich schlaff
Du lagst pulsierend
Wäre ich an deiner Stelle!

2
Woher der Augenblick

Wodurch veranlasst, diese steten Klänge
Die unergründlich meine Sinne fassen
Woher der Augenblick und die Gesänge
Die mich durchströmend horchen lassen

3
Bitte nicht berühren

In der Öffnung zur Nacht, zur Winterkälte
Zu Beginn eines Graupelschauers, quälte
Ich mich aus dem Erdbruch, in der Mitte
Der Piazza. Du. Schau mich an!
        Bitte nicht berühren

Ich war rauchgeschwärzt, in der Enge
Der lodernden Feuer, in der Menge
Der Gluthaufen verschmorten Zehrgeld, Angst, Sitte
Murrsinn, Opfergeist und Trödel Pflicht. Bitte!
Schau mich an! Nicht berühren

Der Mundvorrat an seichter Lust verzehrt
Ich zipper nicht nach deiner Luke. Wer begehrt
Wer dich anlangt, steckt dich weg. Ich bin kein
Schnappsack, kein Besorger.
Schau mich an! Bitte nicht berühren

4
Du wirkst verloren

Du wirkst verloren für mich
Verschlüpft in Gefühlslöcher, Gassen
Winkeln, sich krümmend um dich
Schenkst du den Schoß, um zu passen

Du suchst den Blick nach Gibwarm
Flüchtend zum Ofen Mannlebt
Hältst du Heißluft im Arm
Und was dir Halt gäb´, verklebt

Bin ich Dein löschendes Nass
Gierig von andern erspäht
Sie haben in dir ihren Spaß
Dugibst macht sie aufgebläht

5
Venuskörper

Es ist die letzte Viertelstund´
Du liegst im Licht der Kerze
Venuskörper, eingebettet
Ziehst mit aufgestülptem Mund´
Aus meinem Kopf die Schwärze
Trauer, durch die Nacht gerettet

Es ist der weiche Frühlingsregen
Er schlägt, du hörst es, an die Scheiben
Den Takt für meine müden Hände
Die, sanft umschließend, deine Brust bewegen
Er übertönt des Fingers Kreiselreiben
Im Hof der Schatten. Er rafft die Zeitabstände

Es ist der Tag. Er schluckt das Kerzenlicht
Nimm Abschied, flüstert mir die Hand
Schweren Herzens weiche ich von deinem Schoß
Vom Morgen grau ist dein Gesicht
Deine Lippen suchen meine Hand
Deine Augen blicken tief und groß

6
Wir, barfuß
Weißt du noch, der große, weiße
Fels auf den Hügeln, leise
In der Nacht. Es roch nach Gras und Wein
Nach Flieder und Moos über dem Stein

Siehst du wieder das steinige, breite
Flussbett vor Mestre. Die Weite
Des Sternenhimmels über dem Land
Wir, tanzend, barfuß, im Schwemmsand

Fühlst du es, das rauchige, raue
Heu in Palottis Schober. Aschgraue
Trinker torkelten vom Patroziniumsfest
Die Grille zirpte hinter dem Mauerrest

7
Mit dir im Mondlicht

Mit dir saß ich im Mondlicht
Wir saßen weit ab voneinander
Wir sagten nichts zueinander
Auch von Glauben nichts

Mit dir schritt ich im Mondlicht
Wir schritten weit ab voneinander
Sagten nichts zueinander
Auch von Hoffen nichts

Mit dir lag ich im Mondlicht
Wir lagen weit ab voneinander
Sagten nichts zueinander
Auch von Liebe nichts

Mit dir schlief ich im Mondlicht
Wir schliefen ganz eng beieinander
Sagten nichts zueinander
Auch von Treue nichts

8
Des Mangels Eingebung

„Erdrückende Armut, entehrender Mangel, fortdauernde
Not, Hunger, Angst, Gewalt, Terror und Tod", sprach in
die Reichweite tüftelnder Fachleute der Theologe aus
Kuba. Niemand im Saal erfreute sich seiner Betroffenheit,
niemand, zwischen sorgsam ausgewogenen Vorträgen zu
Hunger und Armut.

Des Mangels Eingebung
Hat mich tausend Lügen
Schläue und die Bestrebung
Gelehrt, in Winkelzüge

Netze zu weben
Mich zu erheben

Aus bitterer Armut die Mauer
Aus verleugnetem Dasein
Aus Schmutz und Trauer
Zu überwinden. Allein

Gewalttätig, klug
Und erfinderisch ertrug

Ich mich, ertrug ich Größenwahn
Einfalt, Tölpelhaftigkeit, Spott
Die christlichen Nachbarn
Und ihren helfenden Gott

9
Mit Wohlstand kaufte ich Anstand

Wirklich, das Land ist reich
Eine fruchtbare Erde im Abendleuchten
Wasser im Überfluss. Wirklich
Reich an Variationen der Speisekammer
Warum sind alle diese Menschen
Von Armut gezeichnet

Mit Nippes, Firlefanz und Tand
In Hinterhalt war ich gelockt
Flügelschlagend über dem Land
Zu Reichtum, Geld aufgebockt

In Leidenschaft
Mit aller Kraft

Und bei Wissbegierde mich einzunisten
In fremde Denkart. Zu spielen
Mit Menschen, ihren Listen
Ihrer Rachsucht, ihrem lüsternen Schielen

Nach mehr
War die Wehr

Mit Wohlstand kaufte ich Anstand
Mit Anstand kaufte ich teure Moral
In mancherlei Gewand
Begünstigung und Zutrauen allemal

10
Verloren ist die Zeit

Ich finde, es will nicht mehr gehen
Es gibt nichts mehr durchzustehen
Für Wert und Möglichkeit
Verloren ist die Zeit

Ich habe Tage verloren
Bliebe ich ungeschoren
Zu wessen Nutzen auch immer
Käme es nur noch schlimmer

Man kehre um mein Verlangen
Getrieben von kleinlichem Bangen
Kann ich die Lichtung nicht finden
Mich aus dem Trugschluss zu winden

Über Nichtigkeiten reden
Alles Handeln vertreten
Mit Worten hin und her
Macht die Beziehung schwer

11
Deine Augen

Deine Augen, deine blauen Augen
Aus ihnen sickert in Sekunden
Hoffnung in das Herz, gefunden
Tastend zart von meinen Augen

Deine Hand, deine zarte Hand
Zum Abschied scheinbar flüchtig angehoben
Hat mit blauen Netzen mich umwoben
Ein Spinnennetz hält meine Hand

12
Licht den Anker

Du machst den Oberkellner heiß
Anstatt zu fragen seine Geiß
Wie ich zu Fuß den Weg hin find´
Zum Piazzale dell´ Estint

Herr, ich bitt´. Um welche Mauer
Führt der Weg zum Platz der Trauer?
„Sie hingehen mit die Füße
Nach San Marco, meine Süße?

Sie besuchen Carnevale?
Ich begleiten schöne Braut
Auf die Gondel in Canale"
Sagt gegerbte Wasserhaut

Licht den Anker, Gurrhahn!
Stoß´ ihn ab, den Schleppkahn!
Seine Tochter bring´ mir Wein
Stell dich dumm, mein Mägdelein

13
Amphore

In meinen Flügeln ruht die alte Frau
Aus ihren Augen, die sich sanft ergeben
Entströmt ein junger Geist, wie Morgentau
Amphore, mit Geheimnis angefüllt und Leben

14
Frühstück

Es flutet würzig Kaffeeduft
In die junge Prise Tag
Ein gutes Frühstück pumpt dir Luft
Gibt der Sammlung Flügelschlag

Venedig, Stadt der Musik, Stadt der Oper. Vivaldi ist Venedig. Albinoni, Porpora, Giovanni Gabrieli, Claudio Monteverdi.

Poèmes

1
De ton aspect

De ton aspect, Venise
Au plus profond de la nuit
Au plus épais des maisons

J´étais las
Tu étais agitée
Si j´étais à ta place!

2
D´où viennent cet instant

Quelle est la cause de ces sons lancinants
Qui, impénétrables, saisissent mes sens?
D´où viennent cet instant et ces chants
Qui, ne pénétrant, font dresser l´oreille?

3
Ne pas toucher!

Ne pas Toucher
A l´ouverture de la nuit, de la froidure hivernale
A début d´une giboulée je m´extirpai
Des entrailles de la terre, au Milieu
De la Piazza. Regarde! Me voici! S´íl vous plaît
Ne pas toucher!

J´étais noirci, dans l´épaisseur de mon corps
Par la fumée d un feu dévorant. Me viatiques
De peur, moeurs, morosité, esprit de sacrifice
Et bric à brac de devoirs disparaissaient dans
Les braisis ardentes. S´il vous plaît
Ne pas toucher!

Les provisions de plaisirs insipides, Consommées!
Je ne convoite pas ta lucarne. Celui qui désire
Celui qui te touche, te rejette. Je ne suis
Ni un Havresac, ni un fournisseur, ni froid comme une grenouille
Non, ne pas toucher!

4
C´est la vie

Tu me parais perdue
Enfouie au creux des sentiments, ruelles
Aux recoins qui t´enserrent
Tu offres ton giron, en acceptation

Cherchant du regard une chaleur généreuse
Fuyant vers le poöle „C´est la vie"
Tu ne retiens que le vent dans tes bras
Ce qui pourrait te soutenir, se fige

Suis-je le flot que te désaltère
Avidement épié par dáutres?
Ils trouvent en toi leur plaisir
Tu donnas, ils en sont tout gonflés

5
Corps de Vénus

C´est le dernier quart d´heure
Tu reposes à la lueur de la bougie
Corps de Vénus, étandu sur le lit
Ta bouche entrouverte
De ma tête dissipe les ténèbres
Deuil vestige de la nuit

Tu sais, j´aime tellement la pluie
Tu entends, contre les vitres, elle bat
La mesure pour mes mains fatiguées
Qui, d´un doux enlacement, font frémir ta poitrine
Elle couvre le murmure de mes doigts caressants
Dans l´ombre, accélère leur rythme

Le jour naissant efface la lueur de la bougie
Dis adieu, me chuchote le mur
Le coeur lourd, je m´éloigne de ton giron
Du matin ton visage porte la grisaille
Tes lèvres cherchent ma main inerte
Tes yeux regardent grands et profonds

6
Le grillon chantait derriére le débris de mur

Te rappelles-tu, le grand rocher blanc
Sur les collines, en silence
Dans la nuit. Dominant la pierre
Une odeur d´herbe et de vin, de lilas et de mousse

Revois-tu le lit du fleuve avant Mestre
Ce large lit rocailleux, l´ampleur
Du ciel étoilé au-dessus du pays
Et nous dansant pieds nus dans le sale de la rivière?

Le sens-tu ce foin rêche, fumeux
Dans la grange de Palotti
Des buveurs livides quittaunt la fête en chancelant
Le grillon chantait derriére le débris de mur

7
Avec toi j´étais assis au clair de lune

Avec toi j´étais assis au clair de lune
Nous étions assis loin l´un de l´autre
Ne nous parlions pas l´un à l´autre
Pas même de foi

Avec toi j´avancais au clair de lune
Nous avancions loin l´un de l´autre
Ne nous parlions pas l´un à l´autre
Pas même d´espérance

Avec toi j´étais chouché au clair de lune
Nous étions chouchés loin l´un de l´autre
Ne nous parlions pas l´un à l´autre
Pas même d´amour

Avec toi je dormais au clair de lune
Nous dormions tout près l´un de l´autre
Ne nous parlions pas l´un à l´autre
Pas même de fidélité

8
L´inspiration de la pénurie

Pobreza aplastante, carencia deshonrosa, miseria permanente significan: hambre, angustia, violencia, terror y muerte (Teatro la Fenice). Ainsi parlait, le théologien Sambrador de Cuba s´adressant à un parterre d´experts ratiocineurs. Personne dans la salle ne se réjouissait de sa confusion, vraiment personne dans cette savante combinaison d´exposés sur la faim, la richesse et la pauvreté. Pauvreté écrasante, pénurie dégradante, misère permanente, signifient: Faim, angoisse, violence, terreure et mort.

L´inspiration de la pénurie
M´a enseigné mille mensonges
Ruses t volonté, par des détours

De tisser des filets
De me soulever
Hors d´une amère pauvreté, de vaincre
Le mur d´une existence désavouée
Dans la boue et l´affliction. Seul

Violent, réfléchi
Et ingénieux, j´ai supporté

Misére, lâcheté, folie des grandeurs
Niaiserie, balourdise, dérision
Les voisins chrétiens tout autour
Leur Dieu secourable

9
Avec l´aisance j´achetai la décence

„Pourtant, le pays est riche! Une terre fertile, à l´heure de l´angélus. De l´eau en abondance, vraiment! Un pays riche de toutes les variétés de gare-manger. Pourquoi donc tant de gens, voilà la question, sont-ils encore victimes de la pauvreté? Moi, je m´en fiche"

J´ai été attiré dans le guet-apens de l´aisance
Battant des ailes, au-dessus du pays
Vers les filles et l´argent

Cambré dans la pasion
De toute ma force
Et avec toute ma curiosité me nicher

Dans la pensée de l´autre, jouer
Avec les hommes, leurs ruses
Leur soif de vengeance, avec concupiscence guigner

Toujours plus
C´était ma défense

Avec l´aisance j´achetai la décence
Avec la décence une morale légère
Sous toutes sortes d´habits
Protection et confiance de toute facon

10
Le temps est perdu

Je trouve que cela ne va plus
Il n´y a plus rien à endurer
Pour le valoir et le pouvoir
Le temps est perdu

J´ai perdu un Jour
Si on me laissait tranquille
Au profit de pui que ce soit
Ce serait encore pire

Que l´on retourne mon désir
Poussé par une inquiétude mesquine
Je ne peux trouver la clairière
Échapper aux arguments fallacieux

Parler de bagatelles
Défendre toute action
Avec des mots jetés ca et là
Pèse sur la relaion

Tu l´as voulu, je dois oser
Te dire la vérité en plein visage
Cette nuit, tu as fait
De moi un chien gémissant

Ca ne va plus
Je t´ai regardée
Pour le valoir et le pouvoir
Le temps est passé

11
Tes yeux

Tes yeux, tes yeux bleus
Ils font perler en quelques secondes
Des gouttes d´espoir dans la poitrine
Espoir trouvé, inculqué par mes yeux

Ta main, ta main douce
Fugitivement levée comme en signe d´adieu
A tissé autour de moi ses filets bleus
Un volle de bouffonnerie retient ma main

12
Lève l´ancre

Tu chauffes le maitre d´hôtel
Au lieu de demander à sa chèvre
Comment aller à pied
Á la piazzale dell´Estint´

Monsieur, je vous prie! Le long de quel mur
Le chemin mène -t-il à la place du deuil?
Vous aller avec pieds?
À San Marco, ma douce?

Vous visiter carnevale?
Moi accompagner, jolie femme
En gondola sur le canale!
Disait la peau tannée par l´eau

Lève l´ancre, coq roucoulant!
Lance-la, la barque clapotante!
Que sa fille m´apporte du vin
Prends l´air bête, ma jeume fille

13
Amphores emplies de mystère et de vie

Dans mes ailes repose la vieille femme
De ses yeux tendrement offerts
Jaillit un esprit jeune comme la rosé du matin
Amphores emplies de mystère et de vie

14
Un bon petit-déjeuner

Un savoureux arôme de café se répand
Dans la jeune brise du jour
Un bon petit-déjeuner t´insuffle un air nouveau
Fait tresaillir le recueillement

Venezianische Küche: Sardinen, Venus- und Jakobs-muscheln, Scampi, Calamari, Aal, Tintenfische, Meeres-spinnen. Reis, Mais, Obst, Gemüse, Wurst, Käse. **Baccalà Mantecato:** Kabeljau mit Olivenöl und Knoblauch. Dazu Polentaschnitten. **Cicheti:** Häppchen von Fleisch - oder auch Fisch. **Castradina:** Hammelkeule mit Kohl und Zwiebel gekocht. **Fegato alla venexiana:** Leber vom Kalb mit Zwiebeln und Weißwein. **Pasta e fagioli:** Eintopf mit Maccaroni und Bohnen. **Sarde in Saor:** Sardellen mit Zwiebeln.

Poesie

1
Il tuo sguardo

Il tuo sguardo, Venezia
Nella più profonda oscurità della notte
Nel folto delle case
Ero rilassato
Tu ondeggiavi
Se fossi in te

2
Di dove l'attimo e canti

Attraverso che cosa sono provocati questi constanti suoni
Che imperscrutabilmente afferrano i miei sensi?
Di dove l'attimo e i canti
Che, su di me riversanti, mi lasciano origliare?

3
Non toccare!

Nell'apertura alla notte, al freddo invernale
All'inizio di un nevischio, mi arrancavo con dolore
Dentro la terra che si fende, nel mezzo della Piazza
Vedi! Guardami! Prego
Non toccare!

Ero annerito, nel mio corpo, dal fumo
Di un ardente fuoco. Nell´involucro delle vampe
Bruciavano la paura del sostentamento, costume
Aprezza, spirito di sacrificio e ciarpame di dovere.
Prego. Non toccare!

Il tuo alimento è il facile piacere!
Io non perdo la testa per la tua bócca. Chi brama
Chi ti raggiunge, ti caccia via. Io non sono
Un insensibile, un gigolo, un lacchè.
Non toccare

4
Smarrita; tu appari ai miei occhi

Smarrita; tu appari ai miei occhi
Rannicchiata nelle tane del sentimento, vicoli
Agli angoli, che su te si curvano
Doni il grembo, per essere conveniente

Cercando l´affannosa occhiata che il calore esplora
Rifugiandosi nelle stesso, uomo vive
Tu hai in mano l´arma dell´ardore incandescente
Ciò che ti potrebbe dare un sostegno, si sgretola

Forse sono io il fluido che ti spegne
Dagli altri cupidamente adocchiato?
Tu sei il loro trastullo
Tu desti ed essi si sono infatuati

5
Corpo di venere

E´l´ultimo quarto d´ora
Tu giaci al lume della candela
Corpo di venere, tu adagiata
Fai passere con la bocca all´insù
Dal mio capo il nero
Lutto, conservato attraverso la notte

Tu sai ch´io adoro tanto la pioggia
Essa batte, senti, sui vetri
Il tempo alle mie stanche mani
Che, teneramente abbracciando, muovono il tuo seno
Essa copre col suono il volteggiare delle dita
Nell´àmbito delle ombre, abbrevia gli intervalli

Lo spuntar del giorno divora il lume della candela
Prendi sommiato, mi sussurra la parete
A malincuore mi ritiro dal tuo grembo
Grigio è il tuo viso dall´aurora
Le tue labbra cercano la mia mano lassa
I tuoi occhi hanno uno sguard grande e profondo

6
Il grillo cantava dietro il resto del Muro

La grande, bianca rupe sulle colline
Sommessa, nella notte
Ancora tu ricordi. Odorava di erba e vino
Di sambuco e muschio sopra la pietra

Vedi ancora il sassoso,ampio
Alveo del fiume davanti a Mestre, l´immensità
Del firmamento sopra la terra
Noi, danzanti a piedi nudi, sulla sabbia?

Tu lo senti il fumoso, ruvido
Fieno nel pagliaio di Palotti, grigiocenere
Venivano i vacillanti bevitori dalla festa del Santo Patrono
Il grillo cantava dietro il resto del Muro

7
Con te sedetti sulla luce lunare

Con te sedetti sulla luce lunare
Sedemmo lontani l´un altro
E niente ci dicemmo
Nulla, nemmeno di fiducia

Con te camminai nella luce lunare
Camminammo lontano l´un l´altro
E niente ci dicemmo
Nulla, nemmeno di speranza

Con te giacqui sulla luce lunare
Giacemmo lontano l'un l'altro
E niente ci dicemmo
Nulla, nemmeno d'amore

Con te dormii nella luce lunare
Dormimmo stretti stretti l'un l'altro
E niente ci dicemmo
Nulla, nemmeno di fedeltà

8
L'inspiratione della miseria

Probreza aplastante, carencia deshonrosa, miseria permanente significan: Hambre, angustia, violencia, terror e morte (Teatro la Fenice). Parlò alla portata di sot-tilizzanti specialisti, il teologo Sambrador da Cuba. Nes-suno in sala si rallegrò del suo tubamento, nessun in mezzo ad avvedute e determinanti conferenze sulla fame, sull'essere ricco o povero.

Soffocante miseria, disonorata indigenza, permanente povertà Significano: Fame, angoscia, violenza, Terrore e morte.

L'inspirazione della miseria
Mi ha insegnato mille menzogne
Astuzia e volontà di tessere
Reti di Sotterfugi
Alzarmi

Dall´amara potertà, superare
Il muro della rinnegata esistenza
Ne fango e nel dolore. Solo

Violento, saggio
Ed ingegnoso

Ho sopportato miseria, viltà, megalomanìa
Candore, ballordaggine, beffe
I vicini cristiani
Intorno, e il loro Dio che aìuta

9
Col benessere ho comprato il garbo

„Certamente, il paese è ricco! Una terra fertile, all´ora
dell´angelus. Acqua in abbondanza, veramante! Un paese
ricco di tutto, ben fornita la dispensa. Perchè, dunque,
tante perone (ecco la domanda) sono tuttora vittime
della povertà? Io me ne frego"

Fui attratto
Dall´insidia del benessere
Con nun colpo d´ala, dal paese
Dalle femmine, dal danaro, con l´arroganza

Della passione
Con tutta la forza

E desiderio di sapere tu ti sei annidata
Nella mentalità straniera, giocare
Con gli uomini, le loro astuzie
La loro brama di vendetta, gli avidi sguardi

Che chiamano altri
Erano le tue armi da difesa

Con benessere ho comprato il garbo
Col garbo una morale licenziosa
Sotto una veste di diverse specie
Tutte le volte fiducia e protezione

10
Perduto è il tempo

Io reputo questo non più possibile
Non c'è più niente da lottare
Per merito e possibilità
Perduto è il tempo

Ho perso un giorno
Sarebbe ancor peggio
Se rimanessi indisturbato
Quantunque fosso vantaggioso

Il mio desiderio si vivolga
Trainato dalla misera ansietà
Io, per liberarmi del ragionamento ingannevole
Non posso trovare lo spiazzo

Parlare di nullità
Sostituire tutto agli affari
Con parole qua e là
Fa il rapporto difficile

Tu l'hai voluto, devo osare
Dirti la verità in faccia
Tu mi hai in questa notte
Portato come un cane piagnucolante

Questo non è più possibile
Io ti ho stimata
Per merito e possibilità
Passato è il tempo

11
I tuoi occhi

I tuoi occhi, i tuoi occhi azzurri
Da loro trapela in attimi
Speranza nel petto, trovata
Inculcata dai miei occhi

La tua mano, la tua mano gentile
Furtivamente alzata da distacco
Mi ha teso azzurre insidie
Ho nella mia mano la tessitura di un gioco di prestigio

12
Leva l´àncora, galletto

Tu ecciti il capo-cameriere
Invece di chiedere alla sua capretta
Come io di qua possa trovare
La via che porta al piazzale del´Estinto

Signore, di grazia! Intorno a quale muro
Porta la via alla piazza del Dolore?
Andate con le gambe?
A San Marco, mia dolcezza?

Lei visita il carnevale?
Io, accompagnare la bella fidanzata
Sulla gondola in canale!
Disse la conciata pelle d´acqua

Leva l´àncora, galletto
Scostalo dalla riva, il barcone
Sua figlia mi porti il vino
Non fare la gatta morta, mia piccola Ragazza

13
Anfore

Nelle mie ali riposa la donna che fu mia
Dai suoi occhi, che dolcemente si arrendono
Un giovane spirito sgorga
Come mattutina rugiada
Anfore, di vita riempite e di mistro

14
Una buona colazione

L´aromatico profumo di caffè fluisce
Nel giovane pizzico del Giorno
Una buona colanzione ti pompa l´aria
Dà la concentrazione dell´animo. urti d´onde

Viele liebevolle Namen gibt es für „Grossmutter" (Nonna in felicità) und viele gute Erfahrungen gibt es mit der Großmutter. In der von Venezianern entvölkerten Stadt Venedig ist die Beziehung zwischen Großmutter und Enkel oft eine ganze Besondere. Je mehr und besser sich Enkel und Großmutter gegenseitig unterstützen, desto stabiler sind die Familienbeziehungen und die psychische Gesundheit der Enkel. Glücklich können sich diejenigen venezianische Familien schätzen, die ihre Großmutter in ihrer Nähe wohnen haben.

Erinnerungsbilder und Fotos zu Venedig
Images de la mémoire
Immagini della memoria

Mit dir saß ich im Mondlicht
Avec toi j´étais assis au clair de lune
Con te sedetti sulla luce lunare

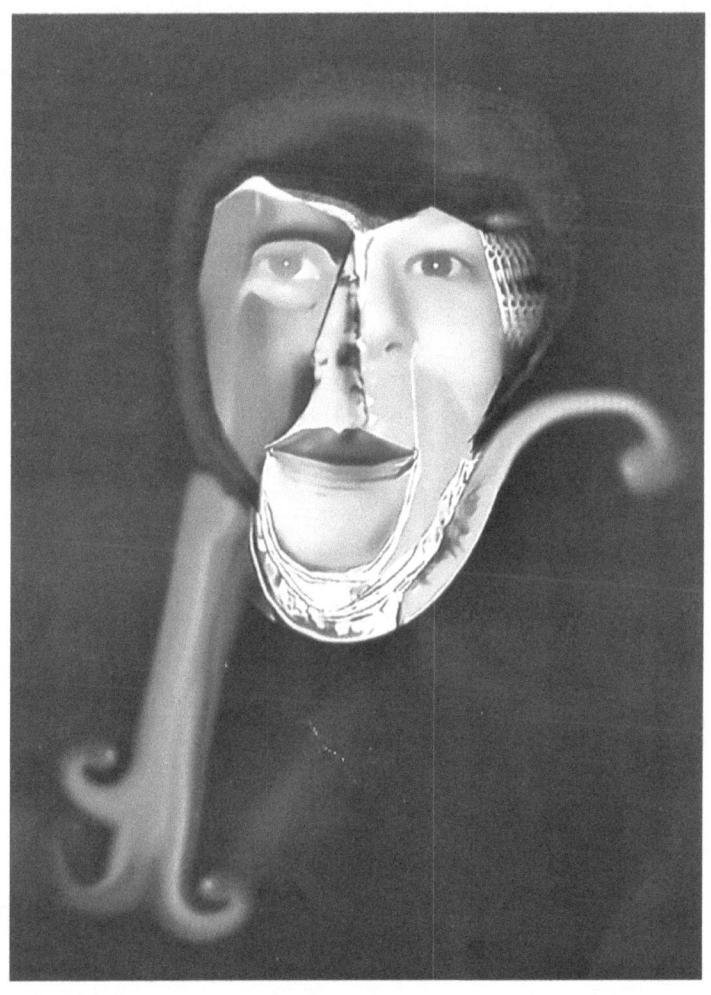

Deine Augen, deine blauen Augen
Tes yeux, tes yeux bleus
I tuoi occhi, i tuoi occhi azzurri

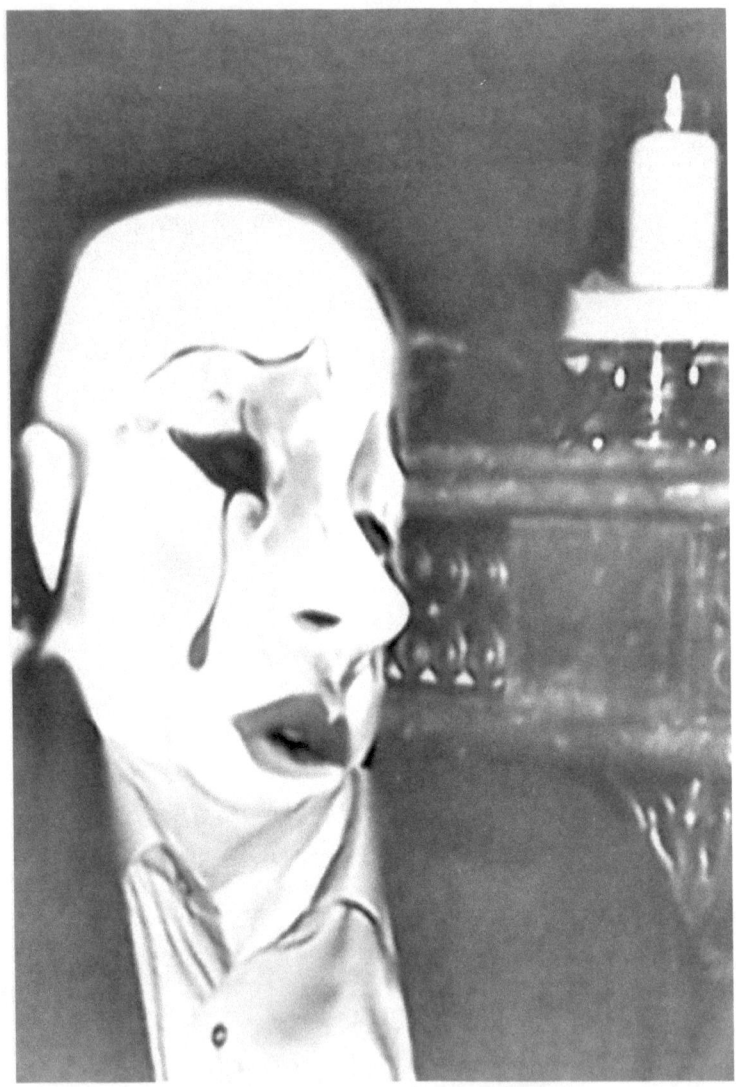

Es gibt nichts mehr durchzustehen
Il n´y a plus rien à endurer
Non c´ è più niente da lottare

Es flutet würzig Kaffeeduft
Un savoureux arôme de café se répand
L´aromatico profumo di caffè fluisce

Licht den Anker, Gurrhahn!
Lève l´ancre, coq roucoulant!
Leva l´ àncora, galletto!

Die Grille zirpte hinter dem Mauerrest
Le grillon chantait derrière le débris de mur
Il grillo cantava dietro il resto del muro

Wodurch veranlasst, diese steten Klänge?
Quelle est la causa de ces sons lancinants?
Attraverso che cosa sono provocati questi constanti
suoni?

Liebe zum Blumenmädchen
Amour pour la fille de fleur
Amore per la ragazza dei fiori

Punta della Dogana

Im Dickicht der Häuser
Au plus épais des maisons
Nel folto delle case

Topo di biblioteca

Versammlung unsichtbarer Lichter
Colection de lumières invisibles
Raccolta di luci invisibili

Treffpunt der Liebenden
Rende-vous des amoureux
Luogo d´incontro degli innamorati

Tre archi

Operaio

Nascosto

Scala di pietra in disgrazia

Gabbiano cattivo

Anbetung der Frau
Culte de la femme
Culto della donna

Sotoportego

Sotoportego

Sotoportego

Sotoportego

Verirrter Vogel
Oiseau perdu
Uccello perduto

Nasenfrau
Femme nez
Donna naso

Geheimes Fenster
Fenêtre secrète
Finestra segreta

Rolf Dieter Kaufmann

Der Autor

Rolf Dieter Kaufmann, Jahrgang 1942, arbeitete als Lehrender 29 Jahre an einer deutschen und 6 Jahre an einer italienischen Universität. Er studierte Kunstgeschichte, Malerei und Grafik in Rom, Politikwissenschaften in München, Pädagogik, Philosophie, Soziologie, Indologie und Sinologie in Freiburg.

Private und berufliche Gründe führten ihn nach Asien, Vorderasien, Afrika, in arabische Länder und nach Süd- und Mittelamerika.

Zeitfracht Medien GmbH
Ferdinand-Jühlke-Straße 7
99095 Erfurt, Deutschland
produktsicherheit@kolibri360.de